リベオートラ

橘麻巳子 書肆 子午線

目次

ネオアサフス・コワレフスキー　8
「リベオートラ」　16
バターナイフ　20
宇宙鏡　24
ff　30
光　34
手　36

骨　42
光Ⅱ　60
７Ｆ　62
アンダンテ　66
ダイアローグ：泡と波　70
ずっと鳴ってる列車のうL得ぇ、　88

装幀＝鈴木規子
装画＝堀 光希

リベオートラ

ネオアサフス・コワレフスキー

近づきすぎて知らぬ人に触れてしまった
頭を引っ込め
通れる道を守りながら

石ばかりを売る催事場は
さまざまな地から集まって
成分のすばらしい配合で
透けたり、透けなかったりしていた
目当ての品は見つからず（白の毛並みを持つ石だってさ
うずくまる人をふたつに割ったおおきさで
岩をこぼれる水晶山脈の
陰でちょっと休んでいた

三葉虫のネオアサフス・コワレフスキーは
触覚みたいに飛び出た両目を持っている
知った途端、明るいところへ
目が出て
鉱石だけではなく
自分と同じ化石も大勢いるのを見やる
大陸ごとに
姿の違っていることも
ひとつが三万円など
することも

頭隠して　つの、出し　やり、出し
鋭敏な器官であるなら
見えないところに隠せばよかった
四億年の時を眠り
進化の果てしなさを見る

では食事にありつきましょうと
大きく口をひろげた一体
おそろしい出来事に急いで背中を丸めたけれど
そのままここに至った一体
閉じずに、伸びずに
次の一瞬までを
待つわけでもなく積もっていった

……　……

コマ送りになった視界が時間を永く
互いにかかわりがないかのように細切れにしていくこと
認知しているストーリーの型を、目にするものが覆していく
「書物より、現実の方がおもしろい」
と口にされた時わたしは、崖ぷちにいた

口にした人の営む店は、小説のタイトルが由来だった
経営していく最中なにを見たのか

罪をかぶって、牢屋にも入ったという噂もあったその人に
現実への再定義をさせたものは
わたしにもそうするか

（還元できないはずだった
書くという行為に書く人たちが託すもの、
思い通りにならない中で捕まえる配置のたのしみ、
在りながら、眼前を占めながら、潜んでいる文字たちの
可能性。
多くのものが
出逢いながら相殺せず、場所を守って変わりつづける、
変わりつづける境界の域――

比較への拒絶を口にしないことは
たしかに反論であったが
現実という不確かを取り決めている
広がりについて思うと
周囲はまた永くなる

口から滑り出ることばの、置き換えの速度によって測られる
入り口と出口を同じにする貝のような閉塞のなか
沈黙に期待される力について
信じることをやめた
しかし、すぐにその効果について知ることとなる
切っても切っても
髪が短くならなくなったのだ

その日の手記にはそう「書かれていた」
つまり
それがわたしの現実だった

……　……

己のかたちを常に更新しつづける
個の成り立ちを思う　それすら
ひとつの例
多くの事象の影響によりモノのかたちとなっている

ホルマリン漬けの脳は機能を果たさない
切られた触覚のように存在することは
できるだろうか

きらめく石のせいかもしれない
コワレフスキーに自分と同じ意識があると思えていたのは。
宇宙のどこかの視点からは
座って休むわたしの姿も
コワレフスキーも同じであるかも

比較を拒んだはずだった
「生きている」と
「生きていない」を
配置している手に気づく

（言語によって触れることの出来ない域を
そうして思い出していた
気づく、直前の驚きを確かに感じていたこと

書くという行為の構築とは異なるところに
　どうにも再び戻ってきていた

個々の感覚は
後づけの装置のようなものにも移り変わり
また　出逢ったものに撫でられている
からだで区切られた感覚はヒトという種族の脳の連なりに
他のからだの感覚でさえまるで持って生まれたように
いよいよ一緒に
遺伝子保存の時を待つ

三万円払ういきものと
払わないいきもの
そのそれぞれが隊列組んで、脈々と
進化の道を育ててゆく
わたしは水晶山の部分になりつつ
伸びゆく髪のはやさに紛れ
大脳の発達により、値切りなどするヒトを見ていた

「リベオートラ」

知らないものを名づけたことが無かったので
夢で聞いた
リベオートラ
ということばをつけた

なにかを経る瞬間には
自身の内にいくらか
あらたな存在が宿るのだろう
それはからだと融合するわけではなく
胸に埋められた他人の骨のようなもの
転がる動きを主張する

けれどいつしか
その骨も自分のものだと思い込み
忘れゆくのだろう
ここでの骨は喩えだから
多くの見聞き触れたものを自分
そのものだと思い続けることも
珍しくない

考えの及ばない範囲のこと、もののことを
「リベオートラ」
と彼らは名づけた
彼らは群れで行動し
夢のなかでも一緒であった
空から降ってきた、内側から発光する鉱石も
互いへおぼえる執着らしき感情も
（誰かが群れから離れることはしょっちゅうだ
時にはみんなリベオートラだ

動物や静物のかたちをしたビスケットを焼き
「リベオートラ」と吹き込めば
その対象の性質を帯びた
そして多くのリベオートラは
突如として彼らの知らない面をあらわし
好き勝手に暴れた
その通り道を歩いた者は
力《エネルギイ》に当てられて、姿が変わってしまったりもした

流動する物質を囲おうとする
線がちりちり火傷する
先が分かれる
かつて
想像上の事象であった、彼らの脳の共有も今では可視化
保てない　この
統一体

側面はさらにあらわれ

側面が、と彼らは書くが
面を剥がすようにカウントしていくイメージも
空間的なものに過ぎない
手に負えない力は
とっくに遥かな次元を走っているかもしれないが

彼ら　から　わたし　の部分を独立させると
ぼんやり痛みが残される
その理屈だけ解っている
胸の
埋まった骨は「埋まった骨」という観念になっていた
しかしまた突然に
この骨は小鳥に変わってゆくかもしれない
羽ばたきに、止まらないくしゃみについて
彼らはどう名づけよう?

バターナイフ

世界、ってさらっと括って後悔するんだ
ひとつに丸めてさらっていこうと
口開けている空洞の朝
黒こげのトーストは捨てられないでかぶりつく

昼出る月は卸されて
薄いスープで分配される
平らげて　夜になったらまた騒ぎ出す
取り方が盗まれた、ってね

わたし今日、行くとこないよ

わたし今日、行くとこないよ
わたし今日、行くとこないよ
わたし今日、行くとこないよ

大事なものが奪われていったのは
代わりに何かを授けられるためだって
気が付いてしまったんだね
そこから先は疑問符の森

腹が減って仕方がないよ
差し出されるものが何も受けつけられないんだ
黄色いコートを引きずって
裾のところにカビが生えてたあいつだって
気が付いてたはずだよ

わたしたち、行くとこないよ
わたしたち、行くとこないよ
わたしたち、行くとこないよ

わたしたち、行くとこないよ

すれ違ったあいつのこと　君
平らなナイフで切り分けていた
スープは蕪の味がしたこと黙ってたよ
本物の蕪もやっぱり満月みたいな味なのかな

皆わかってる
そんなものだよ、って口にする
何が起きてもおかしくないよ、
そうしてすぐに死んでいった

あの人は、行くとこないよ
あの人は、行くとこないよ
あの人は、行くとこないよ
あの人は、行くとこないよ

郵便はがき

恐れ入りますが
所定の切手を
お貼りください

1 6 9 - 0 0 5 1

東京都新宿区西早稲田 1-6-3 筑波ビル 4E

書肆 子午線 行

○本書をご購入いただき誠にありがとうございました。今後の出版活動の参考にさせていただきますので、裏面のアンケートとあわせてご記入の上、ご投函くださいますと幸いに存じます。なおご記入いただきました個人情報は、出版案内の送付以外にご本人の許可なく使用することはいたしません。

○お名前《フリガナ》

○ご年齢

歳

○ご住所

○電話／FAX

○E-mail

読者カード

籍タイトル

の書籍をどこでお知りになりましたか

新聞・雑誌広告（新聞・雑誌名 ）

新聞・雑誌等の書評・紹介記事

（掲載媒体名 ）

ホームページ・SNS などインターネット上の情報を見て

（サイト・SNS 名 ）

書店で見て　5. 人にすすめられて

その他（ ）

本書をどこでお求めになりましたか

小売書店（書店名 ）

ネット書店（書店名 ）

小社ホームページ　4. その他（ ）

本書についてのご意見・ご感想

ご協力ありがとうございました

書肆子午線　電話：03-6273-1941　FAX：03-6684-4040
E-mail：info@shoshi-shigosen.co.jp

宇宙鏡

同盟を結び
独立の地を立ち上げたあと
そこを離れる旨を聞いた
「宇宙望遠鏡の整備に行く」

真ん中に配置された理由の
そのあまりの果てなさに
疑問の発話もためらわれて

宇宙望遠鏡だって。
本当だろうか。

望遠鏡は
誕生したばかりの恒星のごとく青く発光する球体
全方位を観察しているのだと言う

「この土地が見える?」
「たぶんね」

疑うことはない
同盟とは、不確かを不確かで繋いだもの

でも、本当だろうか。

「知らせてくれる?」
「作業をしていない時は」

この対話のあいだにも宇宙は伸びていくのだろう
切っ先が切り開く音にかき消されるのを恐れたために

去りゆく背中にペットとして飼う虫を付けた
甲冑のように光る身と
雲母のように結晶する眼を持つ

――おおきな声で鳴く虫を背負い
太陽に爪を立て、ぶら下がっていた
僕の落下を僕が笑って
それは、許されることでしょう

四行のせりふで出来た夢だった
現実なら、無重力には逆えないはず
星々映す仮眠室
背後では機器がブーンと鳴っている
途切れぬ音が時の流れをぼやかしていく
宇宙船の窓に映る
退屈は透き通っていた

軌道を外れた惑星のどこかの庭で

未知のいきものの体毛が発光しているのが見える
かがり火のように
彼らを伝達している……

ニンゲンとして
交信手段は数多あるが
もう　手を振る　ことすらしたくない時もある
あらたな制度をつくることは
不確かを引き受けること
それも　ひとりじゃないんだからな
セ　キ　ニ　ン。
虫を僕はそのようにも名づけた　例えば
宣言などすれば
以前に対する差異の主義などついて回る
言語として。
打ち建てられたなにかを切り裂くことばとして。
生きている、
その現在ただそれだけを照らすために光りたい

「責任、そう思わないか?」

定住の葛藤も
区切る月日の境も無くした
時間ならある
虫が鳴いている
背後の機械はまわりつづけ
まるごと見た地球は時の流れを痺れさせる
統一された身体感覚へのひびだ
僕と宇宙の価値は転がり、心象は結晶に
粒子の細かさでずれていく

ずれた部分に庭をつくろう
僕も脱いだ上衣を燃やして代わりの命を伝えるだろう
知らない太陽の夜明け前だ——

——虫の最後のひと声——

聞こえた気がした
地上の小さな望遠鏡で探す
視線の交差の可能性に浮き立つ心に
知れない場所から広がってくる虚偽の影
闊歩したり勝手にレンズを翳らせたりして
この身を保つことも出来ない
移動の何千光年向こう
知りえない感度の加速について続く場所があるというなら
空を繋いだ見えない線に
今、
という存在軸を
わたしもひとひら重ねてみたい

そうしたそのままを伝えるには
妨げになるものがありすぎた
億光年の光の遅れや、
交錯するたくさんのいきものたちの主義主張、
発話されずに留めた運命、美、酸素。

fſ

そんな時
外国語に溢れる都市を歩くようではなくて
自身の内にてことばの消滅が起こる時

万象は　生のまま
取捨の選択されることなく
からだのなかに挨拶してくる

時間がゆっくり見える
この混沌から暗示や信号を受けとらなくてはならない
時間がゆっくり見える……

意味が膨れて顔を背ける……

ぶつかってくる街を出て
光のない地に逃げ延びて
思考の柵は外された
過去と今との境はなくなり
繰り返してゆく
断面になる

気づかれなければ気づかなかった

失調により、壊れ
そこで初めて
からだについての意識が生ずる
覚えていたはずの姿を
あらたにforming《作り直し》する必要があった

〈終わりの音が

蓋の中で回っている
Forti死も 不滅、
表記に空白を乗せた
跡を、手繰る指が萎びて　白む本数分
鍵盤は増え
淋しくなくなるだろうか
失調と還元、手放す還すのやり取りを飲み
飲んでは巨大になりゆくよ
Forti死も踏め、踏め踏め踏め
続け、

気づかれなければ在りえなかった
われわれは、いまなぜ隠れなければならないか

光

祈りの言葉を含む口に向かっていく蛾は
暗い中なら溶けられるのに
居所を知らせている

ひとひらずつ
噛むようにして
飲み込むでも発されるでもなく祈りは回る
その奥の熱量になぜだか脅かされる

わたしもまた、一匹の蛾であった
葉っぱや花を通り越して
暗い群れなら怖くはないのに

太陽系デ今日一ツノ爆発ヲ見タ

孤独の熱さに
了解したように花も落ちた

手

なんでも金に変える手があり
話を聞いた次の朝
俺はそうした手を持った
ほんとうのところ、
この手は触れたら変わってしまう
触れてきている色や質感
憑りつく
ことができる
驚くほどのことではない
酔いつぶれ、倒れそうになる夜道なども

からだをしっかり支えてくれるし
網目が頬にバツしないよう、フェンスを押して
手のなかでフェンス素材の籠を象り
小鳥を、つがいの
尻尾の長いしゃべる鳥をとまらせて
その時期、
俺はよくもてた

なんでも金に変える手があり
触れられたなら変わってしまう
驚きを、取り揃えたい奴らの手はすぐに並べて
やさしく四隅を削ってしまう
円いかたちに。
なんでも貼っておけばいい
ふいの衝撃がいたいいたいにならないテープ

珍しいか
行く先では人が見るが、驚くことでもなく

指に衝撃、
車だ
手には車輪が　四輪車となり
走り、途中でバイク、次はトラック、
荷物を引き引き　走る走る
「止まれ」のことば、言う俺の口、動かす顔は
引きずられて擦れ
ばらけていってしまいそうだ
急に手は犬
二匹の細くてでっかい犬に触ってしまった
接続されたそれまでを蹴飛ばすみたいに駆けていく
みぎとひだりにそれぞれ
少しの安堵と、惜しい気持ちが、
ざまあみろ

しかし驚いた
走っていってしまうなんて　まさか
憑りつかれたのは、果たして

こちらだったか
ハンドルを握った感触を
残った手で思い出そうとしていると
片手（二分の一）と片手（二分の一）が駆け戻ってくる
泥だらけ

いや　それがどうした
昨日の指は青い蟹
両のはさみを俺は片手で、うまく出来ない、けれど
その度
日々が逆立つわけでもない
なに見てんだ
あんまり見ると、ちょん切るぞ

（これは仮、
結局変えるつもりでいるならば一時の格好の蓄積なんて
砂でつくった砦、みたいだ
波高く、えぐり取られたとして

つもりがあれば変えられるのだ
更地からでも。

以上のような話を娘にしたあとで、翌朝、妻に叱られた。娘が怖い夢を見たのだ。

立ち入り禁止の柵の向こうで、自分の片手が横たわっている夢らしい。

ごめんな、と言った。それがどうした、と思った。

立ち入り禁止だと。触れると爆発でもするみたいな扱いなんだな。

おまえは危険、そう言われている気がして、耳打ちしてくる誰でもない声、誰にでもなりうる声だ、あとひとつ手があったなら、そいつを捕えてやれるのに。

娘は、ずっと泣いていた。

骨

骨が一本、枝の途中に吊られているということだった。

なんのため？　さあ。

さあさあ、いっぺん皆で拝みに行ってみようじゃないか。

居並ぶ家々もぬけにし、通り過ぎてくわたしたちの軒先より、風鈴が鳴る。

風鈴過ぎてわたしたち、骨外し、やんややんやと持ち帰り、もぬけから賑わいはじめる部屋を支える梁に一本、先と同じく吊り下げた。さあて、さて。囲んで、その骨の持ち主についての思案と検証しようじゃないか。だってこの物体は誰のでもなく共有で、つまり骨の意見も加味したく、でも骨ってヒトのことばでしゃべらない、身じろぎしない、心配になり、訊いてみる。


返事がなかったために、わたしたちはこの物体の気持ちを汲んで、翻訳してみることにした。まずは隣の人が進み出て、わたしたちはその人を見ない。だってそうでしょう、その人は仲間であるから礼節として。

うちのひとりが、わたしの声を真似して骨の気持ちを代弁し出した。このように。

「土地はなく、守り守られするものもない。争いなき町での上演目指しひたすら歩いていたのだろうね。蛇の道、抜道、とんちき、抜道。芸の道。見えるか楽園、原風景。来し方を申しあげれば、御覧。御覧に入れるは在るものの果て、うねりによって区切られぬ、そこは地獄の内部か外か、迫る火の粉もなんのその、爪先ひとつで導火線、渡ってみせよう閃く炎。いちど点いたら御注意、時間の余り無し。導く煙が芸の道、蛇の道、抜道、これが現《うつつ》か化かされか。話しかけてはいけません。すれば、御身の居どころを知らせることとなりましょう」

今度は、わたしの向こう隣りの人に出番が受け渡される。

人はなにやら口ずさみつつ、自身の髪を鋏で梳いて中から取り出したもの、紙だ。よく反射する銀色の紙の切れ端を分けたり合わせたり、すると折り目に吊られた骨のかたちが映り込み、

「骨さん、こちら」

放って、数歩の後退、尖った靴で創ったばかりの光の束を、揃えた、髪が暗がりをひろくして、先の人からちょっと拝借、その声にて語りはじめた。こんな風に。

「吊られてるとな、そんな仕組みがずっと続いてきた馬鹿らしいクソみたいな束縛だってこと分かりきっていて、醒めて、その場に居合わせる限りそのクソ馬鹿馬鹿しい夢から覚めることは出来ない、だって皆で造ってるものなんだからな、互いが互いの動作や、反応以前の思考らしいエネルギーにつられてしまう場所の恐ろしさがその目に見えるか？

今、見上げているこの物体の問題は『それ』ではない、退がれよ、引いて見上げ、ふたたび見下ろす時の構造だ、アッ！なんて陳腐、でも生かされているその仕組みならそいつの隠された願望らしいものをあらかじめ揃ってあげているのだから、は、なにが、失礼だろうが、見下ろしているこの物体が、吊り下げ、上げられて息出来てても出来なくても水に何度も浸けられているわけではないけれど体の一部の動かし方までひとりでどうにも決められず、どのように、動作を作動させるのだっけこの物体は見下ろしている、救ってあげてよ、救ってあげてよって、人のひとりが声を上げる。上げることにより全員が腕組みをますます固まらせることを知っている者の声でもある。その行為が、どうして見下ろしているとは違うと言うのだろうか？ああなんて可哀想なの、苦しそうなのこんなにも真っ白に、救ってあげたいの、居合わせているから、せっかくだから、出来ない、無理、だって息、出来ない。骨とは精密には、

精密には、線引きっていうのは肯定を重ねていく工程ではなくて、ひとつひとつ要素を排していくことだったようなんですそれって、やっぱり肯定ではなくただ引かれた線だと主張してのたくって、言い回ってみても足りなくて届かなくてもう少し引いて、線を、そこに意味があるのか知らないベクトルが明るくわたしの目を塞いでしまって、それは支配の力で普段は暗く隠されて、賢さを主張するなら『隠されている』って言葉を使うことは有効だ、それは『それは隠されている』だろう、暴き出す側はいつも上げたままの体が下りるところを探していてどこにしようか、場に、足元注意いたいけな要素たちの散らばって、分かっていて、でも体を持ち上げたままいるのは苦痛だってことも分かっているでしょう、分か

る？ってそこに互いと呼ばれる均《なら》された一線があれよあれよと引かれて、誰かをあの世に送り込んでも知らねえ顔が出来るんだ、たまたま居合わせた偶然であり力のはじめの旋風は無かったんだ、なにも無いって両側手のひら広げて記憶につられてしゃべってるんだ、この口が、口が勝手にしゃべってるわけだ今となっては」

そうして、人は、自身の声に戻っていった。

「ね、その仕組みがお分かり？」

その時、足元にて小さなくしゃみ。それまで気づかずいたのだったが、わたしたちの家の外にはくろぐろ埋まる目が、目と目が、囲んで凝視していたので。客だろうか。知らない顔たち、じろじろの衆。

向こう隣りで膝をかがめてお辞儀をつくる二番手に、観衆は、拍手をしなかった。先の人に声の返却はせず、後の人がぱちり指を鳴らして、創った紙を象っていく火を点けた。光は次第に暗くなり、燃え尽きる頃、ふたたび点いた。傍らに捨て置いている灰はかたまり、創造者たる人はつまずく。

途端に、

消えて、

光は消えて、くろぐろな人々の叫び、げっぷの音などもして、巻き込んでいく大笑い
光に三度照らされたかたまりは大きさを増し、痩せた、これまたあらたな人の形態になる。小ぶりな輪郭と目線は定まることなく揺らぐ、眉間に、二番目の発言者は爪をぎりりと押し付けて、爪は折れ、わたしたちは骨を見上げて仮定した。

この骨は、生まれたての、この新参者のものだったのかもな。

折れる爪、光り　血　ぎりり　その時、

「かわいそうだろ」

一番最初に口を開いた人は、諫める。そんなこと、と。

「おまえら、そんなのやめとけよ」

さあその人はなぜ、わたしたちをまとめ、二番目の人もあらたな人もどんな形態取るか迷ってぐるぐるしているわたしもひとつかたまりで、でもね、こちらとしては、こちらの中ではいつでもベクトルが相反していて傷まみれ。なのに、

——かわいそう、ってなに?

わたしは、わたしたちから一旦顔出して呼吸したい。区分をきちんと要請したい。その人はその人。あの人もあの人。そして、わたし。先の人が黙って、残りのわたしわたしたち、つまり先ほど光る紙を創った人とわたしのことです、あらたな人と骨を忘れて透明にする、かわいそうってなに、わたしたちは自身のかわいい形態だったからだを忘れ、所有の起源をわからなくなる、閉じ込められない意志は簡単に息の根を止めてしまうし、行く。どこにでも、同じ動きで矛盾を切り落としに行く。

反射がひどい。わたしはまばたきを、すると先の光の反射の紙に女の姿が映りこみ、知らなかったこんな顔、これは彼女?それともわたし?わたし自身の声で問う。

「見落としていた隙間があるかも。いつもね、気づくのが遅いと周りに言われてた意味を理解しました今、さっきからかな、流れ出てたのかも、ね。あたしの鋏はどこなの」

わたしはここでしっかり自身のことを「あたし」と呼んで分けておく。別ったばかりの胸の裂け目を、合わせてだってそこには肺があるから寒くなったら風邪ひいちゃう。そうか、なるほど。鋏が入っていたから「あたし」の胸は裂けていたんだ。

さてと。どこから？ここまで続いた、これらの切り口は、どこからやったらいいのかな、さて。さあ、さあ、錆びて、膿か、刃にはこびりついたよくわからないもの、とにかく、隙間があるなら誰がいるのかしっかり見なきゃね。はっきりさせないとだめだと思うのわたしたちと骨の関係骨とそれ以外の関係それ以外とわたしたちの関係見落としたり意地悪したりはかわいそう、意地悪の発生してくるくらいならはじめから、はじめからそれを「わたしたち」とは呼ばない方がいいんじゃないかな。鋏を二度、三度切れが悪いわ、力任せに閉じて、あたらしい「わたしたち」は真ん中から白い骨ががたがたに破片を散らしていくのを見るでしょう、変な色、念のためもう一度チョッキンしなきゃ断面から糸が伸び、葉っぱになって、綿花が弾けて、どっかに行ってしまったみたいね。あら、意外にやわらかい。骨じゃなかったのかしら。この子の洋服だったんだ、やだ。

最初の人は骨を見上げ、持ち主だと特定された人はうな垂れたまま服は切り刻まれてぼろぼろ、最初の人は見下ろし、側でからだを揺らしつつ「わたしたち」に対峙する。やすやすと切り離され、最初の人は自分自身に声を戻して「わたしたち」の分析をする。

「おまえらが手にしているのは、一定時間の状況に他ならず、そのぼんやりとした空白は、おまえたちの感覚を作動させるためだけに設けられた小部屋だった。わずかな費やし分と引き換えに、おまえたちは多くの快楽を期待する。しかし、残念なことに、それは怠惰な姿勢だ。この姿勢は、おまえらにも、この女性にも、わたしにとっても不具合なものとなった。なぜなら、快楽は、どんな手段を用いてでも自分自身で生み出すべきものに違いないから。他を犠牲にして自身をのさばらせるような魂胆を持ち、他に余剰の影響を与えるような言動はもっと慎まれるべきだ」

最初の人に声を貸した、以前は貸してあげていたのですから見下ろすのも平気な二番目、歯を見せにっこり微笑んで、口元緊張させる先の人をふたたび拝借してから、

「だが、素振りの集積は習慣となる。おまえのそのしゃべり方、わたしのこの口調だって生き延びてきた場所に適したものだろう?そして、白々しく状況を楽しむこの行為だってそうだ。他人の内的感情を殺す、お楽しみの場面がどうすれば生じるのか、わたしたちはそればかり考えてきたはずだ。

これは贖罪や弁明ではない。習慣は、いずれ環境へと変化する。そうした中でいくら己だけは正気を失うまいと足掻いてみても、所詮生き物というのは脆いよ。抗いの精神のみで命を継続させることは、ほとんど不可能とも言える。分かるだろ?生き物が環境を完全に切り離すことは、自身と外部を完全に分かつことは、非常に困難を極める。それが、危険を伴う環境となっているなら、特にそうした危険な場所には、手の施しようのなくなる前に自らの頭で考えて、そう、しっかり意志を主張し、踏み入ることの無いよう、つまり捕食されないよう、防御するのが賢明だろうな」

後者は言った。前者の声で。「思考を野放しにしないこと」

わたしの真似はするるな、と最初の人は言って、後の人はなにか含ませ笑いつつ「してないさ」。

「骨の気持ちを言っているんだ」

「真似するな」

「わたしに言ってるのか?」

「そのことば、わたしに言ってるつもり?」

わかんねえな、と後の人は声真似した。なぜならその人は、〈その姿〉となった自分であれば、つまりそいつにとっての自分自身であれば怖く怒ったりしないかも、って期待したけどううん、今のは無かったことにして。

「わからない。自分のことばにさえ責任が持てない奴の考えることとは」

足元には灰そして犠牲にされている一番あらたな人と、そもそも灰の元である反射する紙が散らばっていた。二番目の人は反射の数枚の、一番右に映り込んでいる目を追った。映り込んだ自分自身が半分、向かい合う先の人が半分、その両端に像を切り取られていた。相手の睨みつけ方、眉間を浮き上がらせる皺《しわ》の、

「真似するな」

見られていたらしい。反射の中で目が合ってしまう。わたしの姿勢はさながら彼ら、違う、わたしたちの姿勢は、顔のしかめ方まで皆がそっくり。

おなかがすいちゃった。

わたしはこのやり取りにすっかり飽きてしまっていたし、骨には肉はからきし。

ああ、とんちき、ここから見える抜道を描き出しつつわたしは飽き飽き参加したのです。

終わりの地点をつくる役がわたしは好きで、わたし以外では嫌だったので、このように。

「満たされない欲求は、常に何かによって埋められなければならないのかもしれない。壁塗りのパテのように——わたくしは鴨のレバーのパテが好物だけれど、皆さんもかつては一緒に食したのよね、少し、麦酒を飲みすぎているようでした。……そうそう、欲求の話です。皆さん、こちらのおふたりの場合は特にそうですが、自身を満たしたものが代替である事に気づくと、人は苦しんだり、理不尽な怒りをぶつけたりするのです。ここで、こちらの方は言うに違いありません。自身の声に戻って、こんな風に。『おまえが転ぶ様は、見ものだろうな。なぁ、こうやって足蹴にしている人間の顔など忘れ、おまえはどうせわたしに縋るんだ。しかし、わたしにとっては、そんなものは退屈な姿でしかない。なぜなら、わたしがおまえをはじめて見た時、おまえは直立不動、首を直角に捻って床に対峙するという阿呆のような姿勢をとっていた。目線は、定まっていなかった。そもそもが、おまえには無理だ。本質的に人間を捉える能力がおまえには皆無といっていい程なんだ。ああそれから、おまえは首の震えを隠すために多量のアルコールを飲んでいたよな。無駄に強い蒸留酒を飲み尽くす直前に、こっちに向かって吐きやがった。あの匂いがこびりついて、こうして顔を合わせるのさえ、不快で仕方ない』

さて、そちらの方にはきっと別の声での反論がある、『それは、わたしが見たあなたの姿そのものですね』と。
最初の人の足は崩れて、後の人の人差し指は切断されて床に落ち、根元から腐りきって

こいつ

双方ともが『気にしないでください。こうした逃げの姿勢は、

こいつ　の

こいつ

癖なのです。一方で、　　　は他人に対して無差別に助けを求める。選ばれるのは人ではな

こいつ

く、その憐みの多さなのです。その姿はまるで、自分がそうすれば物事は叶い、一切の責任は空中分解すると勘違いしているかのようで』。
それから今度はまず、あなた、後のあなたの声で先の人は訴えるでしょう、『皆さん』あらあらお目目をほとんど飛び出させて、『こいつが何か聞いてきたら、真剣な顔で嘘を吐いてください。それから、こいつがいつも持ち歩いている鋏、入念に塗り固められた人工細胞の櫛……いいえ、違います。唾なんて、吐きかけるだけ無駄なのです。これは、耐水性に非常に優れているのですから。落ちている汚物を投げつけようが、臭いを吸収しないのです。なぜか？皆さん、臭素というものは、水に溶けて初めて鼻腔に届くのであり』
けれども後者は、おもむろに《鋏》を取り出し、これはわたしたちの生活の品、脅しのチヨキチヨキ、かわいい凶器、髪にはさんで弾きはじめます。先の人の声はだんだんとその旋律に合っていくよう、

後者、前者の背中を鋏を使って叩きだすのです。とん、とん、とん、とん、
とん、とん、と、んとんと、ん……
最初の人『なにをしてる』
後の人、くつろいで、『なに、とあなたは思う。一度でも、そちらに気を取られたのなら、現われるのは意味の橋です。渡していく時、きっと光った。渡したあとにもたしかに光る、削ぎ落とせども跳ね上がってくるひとつの意味をあなたがた、つまりなぜなぜ族の兄弟は、退治に行ったのでした。

問ノ一郎、正面突破、飲み込まれ
問ノ二郎は抗えど、腕から足から飲み込まれ
問ノ三郎、ハッタ睨んで、
そのままひと飲み、橋の下には渦がおおきく膨らんで、あなたは何か言うのでしょうが、もうやめよう、とか、殺してくれ、か、続けてくれ、なのか、それは、
どれにも、
どれにしても』」
わたしは先の人と後の人の中身を演るのを止して、自身の思考を加えておきたい。
「一度は触ったものですし、知らない顔で戻すのは許されることなのでしょうか、皆さん」
今、わたしは顔を伏せながら、わたしたちに伝えようとしている。驚くようなことではなかった。わたしたちの他の部分も同様の思考を持ち、それぞれが伝達を行いはじめている事

実が分かった。わたしのことばで表すならば、

「こうしたささいな諍いはあれど、わたしたちは、わたしたちはただ、なにか想い、のようなものを含む骨があるとするなら、含むものを、そしてかつての持ち主を唄うつもりではありました。唄って、いたと思っていました。その持ち主の声で。声を使えば、ちょっぴり近づけもするって、思って、考えなかったけれど信じていました。ただね、

動きとことばを翻訳し、共に感じられるのは一体どこまで、から、どこから、までを突き詰めてここまでヒト、でないものの気持ちでさえ表すことをしてきたけれど、ねえ。

ねえ、吊られている物体はほんとうに、骨？

一瞬の疑いは不安ということばでは表しきれないすばやさで、あるいはゆっくり舐めるような感度をもって底の方からわたしたちをまた、一体にしていくのでした。骨の持ち主として立ち現れた人はそれをかばった人にさえ無視されて、犠牲者は消え、ここには、骨があります。

わたしたちは再度、骨という〈それ〉、つまりそれに関する考えを一律なものに均すよう務めることをはじめました。わたしたちの繋がりを持続させていくため。それが発する力は強く、押し込められた侮蔑の感覚、なるほど、悔しさあるいは怒り、違う、怒りだったら呑み込みながら冷静に、わたしは、違う、わたしは『わたし『違うわたし』の目の玉だけになればよかった。無力、恥辱、脆弱、そうしたものを余さず見つける球体になる。鎮めろ？誰が、誰に？かつては内に刺さって来ていた、確かにあったと記憶している、俺、わたし、わたくしであったものを削り取った何かがあるとするなら今その何かが他人の顔と顔をべったり邪

魔だ、透かすのを妨げ、何してる？何が、している、睫毛に付着した腐った泥の不透明さがそうさせるのだと〈顔〉が現れ言うでしょうとも、『おまえらは互いの顔が見えてはいない』と〈顔〉と〈顔〉はまくし立てる、そうかそうだとするなら〈顔〉のそいつらと、顔から抜け出たわたしいいえわたくしの中間地点があるとするなら、邪魔、視界に入ってくるな、ひとつの球体であるわたし、違うわたしの視神経がどう、像を結ぶ方法とその図法、俯瞰図、鳥瞰絶景、そんなものは記憶にないが、広がる視界が何故全方位を感知出来ない放射の力が球に見えているのみのおまえらの死角、捻じ曲げられた光の性質、錯覚だらけの、ぶれるな、逸らさず集中全て呑み込みつつ統合、晒されている姿が全てと〈顔〉が、ひとりのただひとりの誰かが失われていく知覚は浮き彫りになる意識は目玉には無いなぜなら、目玉はゼラチン質の物体であり静物に見えながら痙攣している見ろ、放射の性質を持つ映し取ったらもう、いない。

おまえ

であったわたしはいない」

おまえ

この困難はわれわれの中のみで解決できないということに、わたしたちは気づきはじめていました。そういうわけでわたしはわたしたちの外、家の外を取り巻いているくろぐろの周知の中を探って、あらたに仲間をひとり呼び寄せることにしたのです。どこからも、異論は聞こえてきませんでした。外に呼びかけると、立ち上がって拍手をされつつ、ぴかぴかひかるこちらの光に足をすすめるひとりの人が現れ、その人は、服を暗がりの手に掴まれ、破られ、手繰った熱が真っ直ぐ駆け抜けてきます。暗い箇所からはそれを認めるフラッシュが舞い、さざめく暗い噂にわたしたちは目や耳をやられてしまい、手探りで明けた窓の外には中継ヘリの一群ががなり立てるさながら気の立った蜂、その時、一機のヘリが抜け出し、押し寄せるくろぐろの人に石灰の雨を降らせて、すべては白く、すみやかに動きは止まるのでした。

彼らは服を裂いて裸、ああ、わたしたちは気づいたのです。わたしたちは、これまで一度たりとも服と言うものを着たことがなかったこと。ああ。ずっと纏ったもので互いを創り出しておりました。そうして、支えあいながら暗がりに羞恥を埋めに行くため、骨を奪った枝の重なる道を戻ってゆくけれども、そこまでは石灰の海。

服を纏っていなければ、彼らとわたしたちはどちらが、「もしもし、……さんです？」

「いいえ、それはあちらのお方、」

「ええ、」

「風鈴の音は、どちらでしょうか、」

少し、おさらいをいたしましょう。支え合うということは、お待ちください、なにか聞こえるものが、あれは、なにか鳴って、かち合う時の、金属が交差する音、ガラスと金属が交差する音と金属と金属が交差する音と金属と、骨が交差する音でした。聞こえている総量を、量という全体で把握出来るよう耳を澄ましてみました、つまり、ほとんど金属の立てる音だと判断することにしたのです。だったら気にしなくてもいいでしょう。金属と骨、というイメージがわたしの内部で、欠損した統一体《からだ》となって……起き上がりました。わたし自身に関して言えば、外見上のどこも失ったことはありません。けれど、それが果たして厳密に検証してみてもそうであるのか疑わしくはありますね。実際、　欠損した体　というイメージを仔細に述べるとするなら、具体的には……、おや、もうよろしいんですか。

　ある光景を限りなく細部まで見たいという解剖学的な趣味はこれまでのわたしにはなく、「欠損」という感覚を恐怖とするような体験があったわけでもないと記憶しています。これは脳、脳がその部分を常に成長させながら以前の自身を不完全だと思う作用に他なりません。洗脳される知への好奇心、そして恐れ。これは外部からなにか嫌なものが近づいている気配ではなく、勿論近づきたがる自身の願望でも決してなく、目の解像度のみが急激にいいえ、最も脅えさせるような時間を計っているかのようにどちらかといえばゆっくりと、上昇しているに近いのです。解き明かされていく、というこの告げられる感覚はなにかの前兆であるのか、いまこの瞬間さえもなんらかの只中なのか、もう無理です。思考を、脳ばかりは毟り取ることが不可能、物質的な断絶というやり方での解消可能性を検討している時点でわたしの負けでした。なにに、なのか。なぜだかただ、圧倒という感覚より他になくなってしまっていたのです。でも、なにに？

　こうした執着の思考を恥ずかしいと思ってはいます。なるほど先程からのこの音は、ブチブチと切り捨てる弾き方をしたスタッカートに似たものでしょうか。このぎこちない音符。

つまりは　ズ　　　　　のことですが。溢れていく差異を、細部、だったか再度思考の渦に手
　　　　　　　レ
を差し込んで、いまではすでに明確に手の形状が思い浮かんで一方向に混ぜつづけ、均等な
脈拍をさらに整えようとして、

骨に当たる。

光Ⅱ

しゃがんで庭に埋めにくる人
関わるよりも、興味を持った頭越し

石がひとつ

置かれていった

数日
関わらないで、人を見ていた

石はいくつか増えていった

わたしはそれについて書けるものを探せない人は書き
頭を覗き込みにも行かない

庭は石で溢れ
外に出るのも敵わなくなる
人は最後の場所も埋め、去った

これまで関わりつづけていたのに関わらないという行為で
まってからすぐ

石をどかした

他人の唾が光っていた

7F

彼とわたしの持つ障害が遺伝したら
という理由で
子供が苦手なことを隠した
書いた文字を重ねてしまっておくように

二十八歳までの三年間
彼がその七階で働いていたビルが、解体される
跡地になにが建つのか知らないが
高層マンションという噂があった
彼は言う
——高層マンションっていっても

都内とは違うからな、
　そんなにたいした値段じゃないよ。

届きもしない高さを歩く饒舌に
わたしは言うのが嫌だった
久しぶりに会った、仲の良かった友人が
まだその仕事してるの？
と言ったこと

一緒に入った喫茶店のキッチンは
水道が出しっぱなしだった
シンクからどんどん水は流れてしまって
わたしたちの足元にも来た
そんな仕事は早くやめろと言う彼との
そのあいだにも水は流れた

貯蓄もなく、健康もない
ふたりがこれからやっていくことを

日々ジョン・レノンやキューブリックの話が見えなくしている
自分たちを笑えるのはまだ幸せだよ、
とかいう多方からのご親切を受けながら
一年後には果たして困窮するかもしれない
——配慮事項を開示したなら、そんな仕事をしなくても
　障害者枠で働けるのにさ。

わたしは子供が嫌いだ
わたしは
子供が嫌いだ

疲労が熨《の》されたようになって
冴え冴えと、暗転できない

ほんとうは
彼を昔からかっていた人間が
あのマンションに住むことをわたしは知っている
ここに積み上がってしまったものをどうすればいい？

ジョンのではない答えがほしい
見下ろされる七階は、じき透き通っていくだろう

アンダンテ

子ども牧場のミニ鉄道の車掌を任され
週五日
朝九時半から十六時まで。
先代の車掌はわたしの幼い頃からいた
よく並んだな、
今では、隣のソフトクリーム売り場に流れる子たちを眺めて
半日は過ぎる

斜向かいで、黒毛の馬が柵の中を走っている
グルグルグルグル。グルグルグルグル。
ヤギ舎では最近子ヤギが三匹産まれた

古参の馬の足跡は
ここ数年間増えていない
グルグルグル。

夜八時からは飲み屋で働き
終われば、最後の電車がないから
徒歩で帰る

　昔からの同僚たちはみんな列車で行ってしまった。わたしは、しゃがんでやっとまたがる位の鉄道で毎日グルグルやっている。
　あるお客は、建てたばかりの家から妻に追い出されたという。携帯電話には、吹き抜けの素敵な天井や好きなものを集めたガレージの写真がいっぱい詰まっていた。いい家ですね、と言ってみた。お客は泣いていた。わたしはお客のしでかしたことや、彼の妻のことには触れず、ふたたび家の造りを褒めた。お客は泣き、わたしは来月分の家賃のことや、自身がこの先行くかもしれないもう少し安価な住み家について思った。

あの馬がいなくなる日が来たら
わたしもきっと列車を降りよう

その足で
錦糸町の楽器屋に売ってしまったヴァイオリンを買い直したい
くすねたしっぽで弓をこしらえ
アンダンテを弾きたい

ダイアローグ：泡と波

夏だけ観光地になる海の、冬
打ち上げられていたあなたのこと
彼
拾ってきた

循環を取り入れた部屋での
朗らかな排出のじかん、もしもし
入れてよ
彼のテーブル
彼のソファー、液晶に
バターと卵、お箸の片っぽ

みんな彼におとなしく
休まっていて
部屋とは彼をひろげたもののことかもしれず
ひとつの秩序を願っている生態系であるのか
あなたは
光をなみなみ注いだ箱に入れられ
それは部屋よりちいさなさらに循環の
ぽ　ちゃ　ん
ずっと用意は整っていた、
生かされる

欲しかった、
降ってくる彼のそうした語りは波に
あなたは感じる　　…　　……波だ
身体って
どうやって動かすんだっけ、ひれ
尻尾、うきぶくろ
欲しかったんだ、

彼はひとりの空間ひとつがずっと欲しくて
入れるものならもっと欲しい
なにを植えるか、
跳ばせてもいい。泳がせようか、

外気に触れる顔を被って
循環のリズムは手の内側にしまい込んで
伸び縮みするヒトの意図とか
よこしま
交差させてる自分も
座標を知るって疲れる、彼の（もしもし、
扉は　やっぱり
許せるわけない
生態系の
口はきちんと閉じておこう

だめ
かき回すのは彼は嫌

指、突っ込んだりはいきなりしない
代わりに
ちいさな光る石なら
落としてくれる
あかるさはあなたの心臓隠してくれる
まるい　ざらざら　〔シグナル〕〔シグナル〕
滑る石
色どりに植えてもらった水草の踊りを見物しながら
ヴィィー、
などとしゃべり回っている
呼吸のための装置に向かって
あなた
話しかけてみる
おぼえているより、きれいなものだな

彼があなたを見下ろしている
語りは、また泡立つ波へ
「所有」の二文字が

とげとげだらけの氷山となり
ちっちゃい保存の時の流れは
干上がることもない
枯渇を拒んだ望みの底の底まで頭ぐぐらせ
ななめを滑り　石はつるつる　あなた
それさえ
受け止めたいけど　だって、彼はあなたの
どうしてあげればいいのかな。
指に口づけるにしても
突っ込んだりはしないのだもの
でも
よかったね、指なんて入ってきたら
きっと齧ってしまうよね
かつてのあなたはしばしば歯を剥き合って
たたかう種類のおさかな

たたかわせるより
名前を付けて、育てたい

彼は知ってる　あなたの歯のこと
ひどく痒い
砕かずにはいられなくなる
まるく独りのしょっぱく沁みる反復にも
名前を付けてもらいなさいよ

（ヴィィー……

落とされていく
食事は動くものばかり
たたかう歯でヴィィー、仕留めるときに
思い出すのは、
動くを追ったらアブナイ
動くの先には糸があり　また
ヒトの意図
アブナク泡、食らうわすれもしない虫の味
すぐに血の味、
（ヴィィー……

海辺でぼんやり
糸を吊ったり引いたりのこと、彼
そんなにおもしろくない、って言った
ぼんやり
グリルで焼くのはたいていいお肉で
ときどき、黒焦げ
痙攣する脂身
海から上がった時のあなたのふるえにちょっと似ていて
だから彼
あなたの名前「あぶらみ」にした

動くを食べれば歯もやすらいで
眠くて　排泄などもしてつまり
腐らせないまま
光にからだをどうぞしている
四方を囲む明るい板は　あなたを映し、あなたの知らないこの光景
どこなの、
夜が角度をたたんでくるのは

眠りのすぐ手前に満ちてる
ゆるんだ水を譲ってくれる
手の指ぜんぶを
だんだん伸ばしていくようにして
すべてはあなたを引き立たせたい彼の善意の背景である

いい夢見ろ、って彼の挨拶
夢って、どういうおさかななのかな
水槽に映り込んでみる　夢って
どういうかたちしてるの
彼とはお話しできないですから、珊瑚の群れに訊いてみようか
でも、
　（ねえ、
　　おぼえている珊瑚よりも
　　少しあかいな
あまりの緻密な再現に
目を踊らされる思いがするよね

閉じておこう
でも、なにを？それより　夢　って、
彼の日って、なんだかおかしな蓋がついてる……ときどき、
その隙間から
部屋を訪れている影
誰
みんな
どこからの発生
なかったものが集まってくる
ない　ものでさえ奪われていくようにも見えて　あなたは不同
彼もだ　身じろぎもせず
設置される影たちは気に留められると増えるみたいだ
最新式の液晶機器を皮切りに、耳を覆うお話機能
自動開閉式の扉の取っ手には
押すと、あなたの水槽に自動で餌が入るボタン
あなた歯を剥く
だって、影のいくつかがそっくりだから

深夜三時に
彼が液晶の向こうで撃ち殺してる誰か見えない敵の顔
消えろ、

「あぶらみ」

お肉じゃない
あなたが呼ばれている
あたらしい珊瑚の落下傘　くるくる
あかるいピンクの
蛍光ペンみたいにうわずっていく彼の声
いつもの波より弱い気がする
あなたは「彼だ」と
頭に命令したけど「あぶらみ」
呼ばれる度に
彼が
だんだん　向こうに引いていくみたい
彼の内側ふるえる渦の感覚が、ちいさなあなたの頭に

伝導されてしまっているって
教えてあげたい、な
その感じ、すごくさびしさ

彼があなたに話しかけてる
波、じゃない　しっかり彼から
「誰も出入りなんかしてない」
あの影たちは？
「俺のじゃないか？　光の角度が大人数に見せたんだろうな」
じゃあ
じゃあ、あなたの感じたふるえは一体
なによ　このお話って、
「おまえに言っても、しょうがないか」

（…………イイイー…

あなたは拾ってもらったから
だからこそ、ていねいにしたかった

うまく言えない　なにかを
還元なんてしたくない、なにかに、なんて
どうしたのかな　眩しく感じる
目の前を発生しつづけている珊瑚　これ、生きて、
発生しそうな
彼の決壊、
彼の
思考の地図に導かれて
ゆっくり巡ってみたいのに

あなたがひとつ巡ったならば
赤らむ珊瑚の仕切りが入る　じゃま
歯を剥く寸前　あなたのお顔
出ていくときの彼にそっくり　もしかして
ここの中って
仕切りの外と似ているのかな
波の語りが砕こうとして踏みとどまってるあの外界だ
あなたに言っても「しょうがない」から

「あぶらみ」
呼ぶだけ。彼との簡素なやりとりも
いろんな珊瑚に障ったせいで　なぜだか
ちょっぴりおもしろくなる
夢、だ
そっか、夢って
生き延びる方法のことでも
あるのかも

良かれと思って彼は
珊瑚に描くのだ　にぎやかな模様
良かれと思って細やかに　また
鮮やかに
実は、ほんとうはね　よく知らないんだ
ピンクの微妙な濃淡とか
生まれた海にはあんまり
光が入ってこなかったから。
あなたが「在る」らしいことも

彼に呼ばれてはじめて、

あらわれたのだ
あかるみ、に
溶けだしたのに気づかずにいる
画材の顔料　青や黄色のしびれる毒素だ
垂れ流される致命のつぼみ、開く前
からだを回して逃げよう
とりどりの藻はあっさりと黄色
おとなしく踊りつづける　　死は
一瞬のことであってほしい
暗がりの中
「これは、水槽」
とはじめて驚くそのおどろきの厚みを
通り抜けてくくらい　はやく

（ヴィー……
知りたくない

まで　の展望、から　の飛距離も
どこからどこまであなたであるを引いた匂いを
溶かすの　しっとり温かい手が
生のはざまに　食事を落とすの
しびれてきている
あんまり考えられないこれはあなたのためで善いことだって。
ここの循環生態系ただひとつ守っている彼に
あなたは、
生かされている。ここからすべて彼尽きるまでの
成り立ちだから

身動きできない
つるつるじゃない石みたい
えらにずっしりはびこってくる
あなたはひとつも巡れなくなる

一度は拾われたから
思い出すのは、ひとりでここから出るのはいやだ

ちいさい泡と泡をつらねる
水槽装置が詰まった頃、ようやく
彼が
動く食事を手にして

おぼえているよりちょっと苦しい
口からなにか吐ければいいのに
尻尾はもういい、胸びれも
生き変わるなら外しておこうか
「いい夢を」
なんて、今日の波はわざと穏やか
わかってるのに、
いなくなること　それでも
動くいのちは落ちてくる
「あぶらみ」
平気
いつも通りの波のことだよ
次は、一度は吐けたらいいな

ありがとう　と　たすけて　を
結んだことばが
言えたらいいな

ずっと鳴ってる列車のうL得ぇ、

イコール＝イコール以上に気持ちいいことってある?
知らぬ鐘と知らぬ括弧を片手それぞれ
〈コンマは雑音であるべきだ〉
あるいは〈雑音はカウントされてゆくべきだ〉
という宣言のもと
所有するすべての音韻・具象物は
差し押さえられていったのでした

イコール＝イコール

（今から、儀式の証人になってください

（わかりますか、今から行うことをお仲間に広めてください

＊

配役はすでにされたらしく、映画の公開は二日後だった。

大々的に宣伝をしてある、と電話の声は言っていた。

撮影現場には、一度も踏み入れていない。なのに、どうして公開されるのだろう。

二日前に、机の上の本の畝に紛れた脚本を見つけてはいた。脚本のすぐ下にはさまっていた愛読の文庫本を抜き取り、その六〇〇ページにわたる対話集を復唱してみた。

脚本を読んでいないことを言い出せず、すべての場面をまるごと記憶してしまえばいいと思った。アクセスした画面いっぱいに並んだ配信動画の中から適切な場面を探し出さなければならない。陳列された数百、数千、この間にも増えていく劇的な場面から、自分のせりふを探し出さねばならない。

本番までは、あと二日。

鍵なんて掛からないのに、掛け方なんてわからないのに、掛けた。

撮影隊が押し入ってくる。

扉で押しやり、急いで鍵を確かめる。押し入ってきて、挨拶をする。
先頭の人物が、太い時計の針を手に言う。

イコール＝イコール
イコール＝イコール
イコール＝イコール
イコール＝イコール

「「ずっと鳴ってる鰯の列車t3T3エイルうL得ぇ、」」

眠りの兆しは貝に似て
とろけ　何度も
着地の夢をまなざして

また降り立つのに失敗した
貝の上に寄生している貝になる
消化器官を上下させ
ダクトのように吐き出している

黒いモザイク……。
子供たちがその影を塗る遊びをはじめる
集めて、集めて
一本の樹が出来上がる

眼の前に急に槐《えんじゅ》が立ちはだかった
木々の線路でできた樹だ
ということは
線路と言っても昔のものだ
転轍機は天を目指させ
地下に眠った過去から列車が通過する
相対している歴史はかち合い
枕木は透き通るほど燃え上がり
道が分かれる
分かたれてゆく

こちらコマ撮りの世界から加速の世界へ
明日であればもっと速い

どれでも　自由に
カスタマイズして

反旗ひるがえすのも、疲弊したし
今こそ許容で相互に通過《スルー》
深呼吸　知覚を伸ばして
【認め合いの姿勢《ポーズ》】
十秒したら、戻っていいから

「弱くてもいい」　一方で
自己治癒力を発揮させられ
相反する風向きに
人格破壊も拍車がかかる

気に入ったもの全身装備
嫌になったら替え時だろう
自由であること　も
選択肢のひとつではなく

罠だった
格子つきの温室だった
奪われれば、幻肢のようにうなされるって

うなずいて
共鳴する声　すくい上げようと
ひとりきりの代弁者
未然の破片を繋ぎ合わされ
ぼんやり　はっきり
現前します　あなた（たち）のこと
どこかでたしかに重なるんです
間違いじゃない
間違うことは許されない
赦しの心を持たないことすら咎められ

ああどこかでぐさりと刺したい
沈黙のまま逃げ切りたい
一言きりで、全部取りの

黒のモザイク吐かれ続ける
傍らを行く川の波紋はうるうる光り続けている
その中央に人が立った
と思ったら白鷺だ

（あぶないな、
安全装置を外すなんてさ。

白のコンマは飛び立ってゆく
その先は
統一された思考の　言語の
その先は

昇りつめていくまでの速度は
時には少し、少しずつ
手なづけられてはいない光は
覗こうとする望遠レンズに
固定された誰かの目玉を

上下に割ってもしまうでしょう
あなたであるあなたの上と、であるあなたの下
どちらに
話しかければいいのだろうか

（イコール＝　　　　）

目玉のなか
あたかも半透明の粒子を育てる貝の洞
イコール＝イコール
イコール＝イコール
後世の針には読み解かれます

左には呪具、知らぬ鐘。
右には器、知らぬ括弧が。
片手でなく手手の集積その他のぎざぎざ装置吊り上げ装置などの力でもあり、終わりの一手
いま終焉の感覚をしたいがために、己の惜しむこれまでであった気も、でもなぜか「＝」の
響きはまた現れてくるのでした。

声はところどころ
　　　から、あらゆる場所へ（から、
　　　　　　　　　　　　　　　　までの距離、という理由の原因を構成
する粒子の仕組みと
今のこれこの持続早く切っ、て
　　　　お願い
　　手、ッ、既成の装置の遮蔽について、遮る壁から吠え続けている

その内実を飲み込まないまま
揃いの記号を吠えるのだ

統制しつつ一にしたがる神経に
イコールがイコールでありつづけたい習性に
歪みの線路は均されて
曲がりの線路は均されて
それでも分かちの道は増えゆく

一になること

それは仮

その内実は知らないままで
ずっと鳴ってる鰯の列車、
ずっと鳴ってる列車のうL得ぇ、
ずっと鳴ってるt3エイルうL得ぇ、

リベオートラ
Libe-o-tora

分類 : 概念 / 言語 / ビスケット
時代 : 人新世 (Anthropocene)
産出地 : 日本近郊
所蔵 : 書肆 子午線

初出

「宇宙鏡」（詩誌「ＮＩＮＩＮ」二〇二二年一一月）

著者プロフィール

橘 麻巳子 たちばな・まみこ
一九八九年生。
詩集『声霊』（七月堂）、詩誌「ＮＩＮＩＮ」。

リベオートラ

著者　橘《たちばな》　麻《ま》巳《み》子《こ》

発行日　二〇二三年九月八日

発行人　春日洋一郎

発行所　書肆　子午線

〒一六九-〇〇五一　東京都新宿区西早稲田一-六-三筑波ビル四E

電話　〇三-六二七三-一九四一　FAX　〇三-六六八四-四〇四〇

メール　info@shoshi-shigosen.co.jp

印刷・製本　モリモト印刷

ISBN978-4-908568-39-8　C0092